AF399780

Analyse de l'œuvre

Par Julien Noël et Johanne Morrhaye

Mein Kampf

d'Adolf Hitler

Rendez-vous sur lepetitlitteraire.fr et découvrez :

Plus de 1200 analyses
Claires et synthétiques
Téléchargeables en 30 secondes
À imprimer chez soi

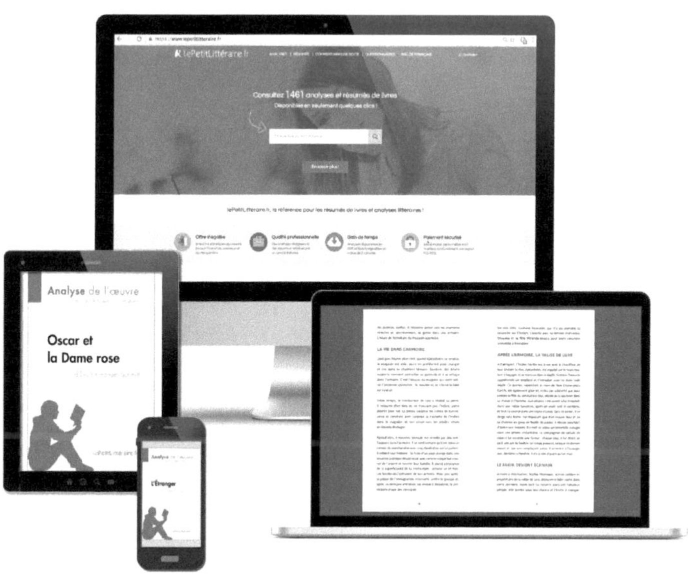

ADOLF HITLER

FÜHRER ET CHANCELIER DU IIIᵉ REICH

- **Né en 1889 à Braunau am Inn (Autriche-Hongrie)**
- **Mort en 1945 à Berlin**

Né en Autriche, Adolf Hitler est âgé de 5 ans lorsqu'il s'installe avec sa famille en Allemagne. Perdant tôt ses parents, ce jeune marginal qui se rêve architecte tente à plusieurs reprises d'entrer à l'Académie des beaux-arts, en vain. Après la Première Guerre mondiale (1914-1918), à laquelle il prend part en tant que soldat, Hitler se lance en politique et fait rapidement figure de leadeur du Parti national-socialiste des travailleurs allemands (NSDAP).

C'est en 1923 qu'il rédige *Mein Kampf* (« *Mon combat* »), un livre dans lequel il expose l'idéologie nazie, avant de concrétiser son rêve de pouvoir dix ans plus tard en devenant le chancelier du IIIᵉ Reich (10 janvier 1933). L'Allemagne entre progressivement sous la coupe de son régime totalitaire, et celui qui se fait appeler le Führer (« le guide ») étend sa domination en Europe au cours de la Seconde Guerre mondiale (1939-1945), jusqu'à sa chute.

MEIN KAMPF

LE MANIFESTE DU MOUVEMENT NAZI

- **Genre :** manifeste politique
- **Édition de référence :** *Mon combat*, trad. de J. Gaudefroy-Demombynes et A. Calmettes, Paris, Nouvelles Éditions latines, 1934, 688 p.
- **1re édition :** 1925-1926
- **Thématiques :** la politique intérieure et extérieure, la notion de race, la presse, l'antisémitisme, le marxisme, le nazisme, l'armée

Emprisonné en raison du putsch manqué de Munich (8 et 9 novembre 1923), Adolf Hitler y rédige son œuvre. *Mein Kampf* est divisé en deux parties – publiées en volumes séparés dans l'édition originale de 1925-1926 –, intitulées « Bilan » et « Le mouvement national-socialiste ». Respectivement analytique et programmatique, elles retracent en outre le parcours biographique de leur auteur. Les premiers chapitres sont ainsi consacrés à « La maison familiale » et aux « Années d'études et de souffrances à Vienne ».

L'évènement situé à la frontière entre les deux tomes est une assemblée populaire tenue par le parti national-socialiste le 24 février 1920, présentée comme un important tournant dans la carrière politique d'Hitler.

Le combat évoqué en titre est dirigé contre des ennemis multiples : le judaïsme, le marxisme, la presse et la démocratie parlementaire. Il vise en outre à réunifier l'Allemagne et à y instaurer un régime raciste et élitiste, dont Hitler serait le chef suprême.

RÉSUMÉ

UN COMBAT MULTIPLE

Si le titre de cet ouvrage laisse supposer l'unicité de la lutte qu'il décrit, il n'en est rien dans la réalité du texte. Adolf Hitler suit rigoureusement un principe qu'il édicte, selon lequel « l'art de tous les vrais chefs du peuple de tous les temps consiste surtout à concentrer l'attention du peuple sur un seul adversaire, à ne pas le laisser se disperser » (p. 122). Soucieux de « suggérer au peuple que les ennemis les plus différents appartiennent à la même catégorie » (*ibid.*), il amalgame une prétendue lutte unique contre les Juifs afin de se débarrasser des multiples adversaires de son parti : le marxisme, la presse et le régime parlementaire, qu'il présente comme gangrenés par la race honnie, devenus dès lors autant de têtes de « l'hydre juive » (p. 635 et p. 660).

La critique de ces quatre adversaires présentés comme apparentés traverse l'ensemble du manifeste politique d'Hitler et en constitue autant d'idées directrices. Cette incessante répétition n'est pas qu'un effet de style ; au contraire, elle découle directement de la conception hitlérienne de la propagande : « action sur la grande masse, limitation à quelques points peu nombreux constamment repris ; [...] maximum d'opiniâtreté pour répandre l'idée, patience dans l'attente des résultats. » (p. 364)

CONTRE LA « RACE JUIVE »

Le combat d'Adolf Hitler est avant tout mené contre la communauté juive. Pour légitimer sa haine contre cette dernière, il présente son sentiment comme issu non pas du préjugé, mais d'un processus réflexif (« J'observais impartialement et à loisir l'action du peuple juif », p. 71). Il prétend ainsi qu'adolescent et « [p]ersuadé qu'ils [les Juifs] avaient été persécutés pour leurs croyances, les propos défavorables tenus sur leur compte [lui] inspiraient une antipathie qui, parfois, allait presque jusqu'à l'horreur » (p. 59).

C'est plus tard, alors qu'il développe durant son séjour à Vienne des convictions nationalistes, qu'il aurait adopté cette animosité, présentée comme un mouvement d'autodéfense nécessaire face au rôle prépondérant tenu par cette communauté dans la vie publique de la ville (« Le cosmopolite sans énergie que j'avais été jusqu'alors devint un antisémite fanatique », p. 71 ; « Je finis par les haïr », p. 69).

À partir de là se développe une rhétorique d'une extrême violence à l'encontre du judaïsme. Pour évoquer les Juifs, Hitler recourt tantôt à des métaphores liées à la peste (« C'était une peste, une peste morale, pire que la peste noire de jadis », p. 64 ; « Le bacille dissolvant de l'humanité, des Juifs et encore des Juifs », p. 126), tantôt il s'appuie sur le vocabulaire animalier (« troupe de rats », p. 302 ; « singe imitateur », p. 303 ; « véritable sangsue », p. 310 ; « ces parasites aux cheveux noirs », p. 558).

Hitler recourt aux clichés les plus banals, présentant le Juif comme un être sournois maniant l'art du mensonge et de la dialectique perfide : « Le moyen qu'il emploie pour tenter de briser les âmes aussi audacieuses, mais droites, n'est pas un combat loyal, mais le mensonge et la calomnie. » (p. 324) Il les accuse également d'immoralité : « Le rôle que jouent les Juifs dans la prostitution [...] pouvait être étudié à Vienne » (p. 66) ; « Cette judaïsation de notre vie spirituelle et cette transformation de la pratique de l'accouplement en une affaire d'argent [...] » (p. 245-246)

Il n'hésite pas non plus à se référer erronément à des autorités telles qu'Arthur Schopenhauer (philosophe allemand, 1788-1860) ou au texte religieux de la Bible, sur laquelle il se repose en comparant tout Juif à Judas : « Cette juiverie à qui la bassesse innée de son caractère permet de trahir tout et tout le monde pour trente pièces de monnaie. » (p. 335)

L'ultime chapitre de *Mein Kampf*, consacré au droit de légitime défense, dévoile encore plus de violence et laisse déjà entrevoir une pensée embryonnaire de la solution finale (formule usitée par les nazis pour désigner les mesures conduisant à l'extermination massive des Juifs) :

> « Si l'on avait, au début et au cours de la guerre, tenu une seule fois douze ou quinze mille de ces Hébreux corrupteurs du peuple sous les gaz empoisonnés que des centaines de milliers de nos meilleurs travailleurs allemands de toutes origines et de toutes professions ont dû endurer sur le front, le sacrifice de millions d'hommes n'eût pas été vain. » (p. 677-678)

CONTRE LE MARXISME

Conformément à sa stratégie visant à confondre ses adversaires, Hitler présente le parti communiste, principal concurrent de son parti naissant, comme une organisation juive : « le marxisme lui-même vise délibérément à remettre ce monde dans la main des Juifs » (p. 380) ; « les troupes marxistes qui mènent le combat au profit du capital juif international » (p. 619).

Pour ce faire, il rappelle à plusieurs reprises les origines prétendues du fondateur de ce courant de pensée, « le Juif Karl Marx » (p. 213, 380 et 389), et souligne que la presse marxiste est gérée par des Juifs (« Je pris en main toutes les brochures social-démocrates que je pus me procurer et cherchai les signataires : des Juifs. Je notai le nom de presque tous les chefs : c'étaient également en énorme majorité des membres du "peuple élu" », p. 68).

De même, il recourt à la formule du « Juif international » (p. 520 et 670), qui lui permet de réaliser un amalgame entre la diaspora juive (la dispersion de la communauté juive à travers le monde) et l'Internationale communiste (association internationale des ouvriers), et il use également d'un terme spécialement créé dans cette optique : les « marxistes-juifs » (p. 546).

Les critiques hitlériennes du marxisme ne sont dès lors pas moins virulentes que celles du judaïsme. Il parle ainsi d'une « peste mondiale » (p. 84), d'une « pestilence » (p. 169) et d'une « lèpre » (p. 175). Puisque, selon lui, « le but définitif [du marxisme] est et reste la destruction de tous les États nationaux non juifs », voire « la destruction de l'humanité » (p. 169), Hitler convient que « le problème de l'avenir de la nation allemande, c'est le problème de la destruction du marxisme » (p. 157).

Il parvient cependant, grâce à une sorte de pirouette oratoire, à se revendiquer travailliste et socialiste, et propose la création, en remplacement des syndicats communistes, de « Chambres administratives des différentes représentations professionnelles » (p. 595) rassemblant patrons et ouvriers autour d'objectifs communs : « La corporation nazie n'est pas un organe de lutte de classe, mais un organe de représentation professionnelle. L'État nazi ne connaît aucune "classe". » (p. 596)

Le marxisme

Le marxisme est un courant philosophique, politique, économique et sociologique basé sur les conceptions de Karl Marx (théoricien du socialisme et révolutionnaire allemand, 1818-1883) et de Friedrich Engels (théoricien et militant socialiste allemand, 1820-1895). Le marxisme offre une explication de la société capitaliste ainsi que sa critique. L'idée principale est que les moyens de production sont sous le contrôle d'une minorité dominante. Les classes dominantes contrôlent le pouvoir politique et en usent pour exploiter les masses populaires. Ainsi, la domination politique s'explique par la domination économique d'une classe sociale sur une autre.

De plus, selon la conception marxiste, une alternative à la société de classe existe. Il s'agit de la propriété collective des moyens de production, donc l'économie de marché doit être remplacée par l'économie collective. Toutefois, le rôle de l'État a toujours son importance dans ce courant de pensée. L'idéologie marxiste s'est imposée durant la moitié du XIXe siècle.

CONTRE LA PRESSE

La conviction hitlérienne d'une mainmise juive sur la presse n'est pas limitée aux médias marxistes. L'auteur voit comme une grande menace le fait « que des millions de bourgeois rend[ent] chaque matin un dévot hommage à leur presse démocratique enjuivée » (p. 175). Hitler multiplie donc les critiques contre cette « meute juive de la presse » (p. 483) et se défend des attaques qu'elle lui fait subir. Il se présente ainsi, dès la préface, comme une victime innocente de l'acharnement médiatique. Dès lors, il émet l'espérance que son livre puisse « servir à la destruction de la légende bâtie autour de [s]a personne par la presse juive » (p. 13).

Cette domination juive de la presse est d'autre part présentée par l'auteur comme complémentaire à l'action du marxisme. À ce dernier reviendrait donc, selon « une manœuvre admirablement combinée » (p. 321), de contrôler les milieux ouvriers, tandis que « la grande presse, qui est toujours aux mains des Juifs, [...] poursuit [cette campagne] auprès des masses et surtout de la bourgeoisie » (p. 320).

À cela, il faut ajouter la franc-maçonnerie (institution fondée sur des sociétés secrètes et ésotériques), qui poursuit, selon Hitler, le même but « dans les milieux qualifiés d'intellectuels, pour paralyser l'instinct de conservation national » (*ibid.*). Il verse ici dans la théorie du complot, si chère aux mouvements populistes (le terme populisme désigne l'idéologie politique de mouvements de libération nationale dont le but est de libérer le peuple sans avoir recours à la lutte des classes).

CONTRE LE RÉGIME PARLEMENTAIRE

La thèse antiparlementaire de *Mein Kampf* apparait dès le début du livre, lorsque Hitler décrit son séjour à Vienne, où il s'est fait le chantre de la minorité allemande, selon lui menacée dans un État de plus en plus slavisé (« un État lamentable », p. 84).

Il se prononce dès lors contre cette institution qu'est le Parlement, ce « chaudron de sorcières » (p. 375), qui lui semble « toujours aller à l'encontre des aspirations des Allemands » (p. 82) et, à terme, participer à une « dégermanisation » (p. 83) de l'Autriche-Hongrie, qu'il craint plus que tout.

Le régime parlementaire et démocratique incarne de surcroit l'antithèse de sa propre conception politique. Favorable à l'élection d'un chef unique, il s'imagine probablement déjà appelé à le devenir lorsqu'il écrit que, « de millions d'hommes, [...] un homme doit sortir qu'anime une puissance d'apôtre » (p. 379).

Il critique l'immobilisme et l'irresponsabilité de cette masse inefficace, qu'il qualifie sans complaisance de « propres-à-rien » (p. 517), de « punaise[s] parlementaire[s] » (p. 108), de « demi-monde intellectuel de la pire espèce » (p. 95) ou de « tas de misérables vauriens de politiciens qui tromp[ent] le peuple » (p. 199). Cette stratégie populiste qui consiste à accuser ses adversaires de recourir au mensonge pour consolider égoïstement leur propre position rejoint les critiques par ailleurs adressées au judaïsme, au marxisme et à la presse.

À l'opposé de cette « peur des responsabilités qui sévit actuellement [et qui] se manifeste dans toute la vie publique et atteint son immortel apogée dans le régime parlementaire » (p. 416), Hitler prône l'instauration d'un régime dictatorial. Dans cette conception se trouvent déjà exprimés le culte de la personnalité dirigeante propre aux régimes populistes et l'élitisme nazi qui sera progressivement développé :

> « Celui qui veut être le chef porte, avec l'autorité suprême, et sans limites, le lourd fardeau d'une responsabilité totale. [...] Seul un héros peut assumer cette fonction. Les progrès et la civilisation de l'humanité ne sont pas le produit de la majorité, mais reposent uniquement sur le génie et l'activité de la personnalité. » (p. 344)

Peu à peu, cette critique dépasse donc le cadre du régime parlementaire pour viser la démocratie dans son ensemble. Et, une fois de plus, le judaïsme est associé à ce système pour mieux constituer un repoussoir aux yeux des partisans d'Hitler : « Le Reich démocratique et enjuivé que nous avons actuellement [...] est pour la nation allemande une véritable malédiction [...] » (p. 570)

ÉCLAIRAGES

BRÈVE BIOGRAPHIE D'ADOLF HITLER

Adolf Hitler nait en 1889 en Autriche, dans une ville proche de la frontière avec l'Allemagne (Braunau am inn), où sa famille s'installe dès 1894. Il n'obtiendra toutefois la nationalité allemande qu'en 1932.

Orphelin à 18 ans, il mène une vie de bohème à Vienne, puis à Munich. Recalé deux fois à l'examen d'entrée de l'Académie des beaux-arts, ce marginal subvient à ses besoins en exerçant les fonctions de manœuvre ou de petit peintre, tout en se rêvant architecte. Lors de la déclaration de guerre, en 1914, Hitler s'engage volontairement dans le premier conflit mondial comme soldat. Il adhère au jeune Parti ouvrier allemand dès 1919, en devient vite le principal orateur et le renomme Parti national-socialiste des travailleurs allemands (NSDAP).

En 1923, alors qu'il est emprisonné à la suite du

putsch de Munich, le futur dictateur rédige *Mein Kampf* (« *Mon combat* »), un livre qu'il conçoit comme un manifeste de l'idéologie nazie. Charismatique, il poursuit son ascension politique jusqu'à son apogée. En 1933, il est nommé chancelier du Reich. Dès lors, il déconstruit la démocratie et installe un régime totalitaire nazi en Allemagne. Durant la Seconde Guerre mondiale, il étend la domination allemande sur une grande partie de l'Europe et met au point la terrible solution finale à l'encontre du peuple juif. En 1945, les armées alliée et soviétique gagnant du terrain, Hitler sent l'étau se resserrer autour de lui : il se suicide le 30 avril dans son bunkeur de Berlin.

L'ALLEMAGNE AGITÉE

Le premier tome de *Mein Kampf* parait en 1925. À cette époque, et depuis la chute de l'Empire allemand (1871-1918) au terme de la Première Guerre mondiale, le régime politique en place en Allemagne est la république de Weimar, qui doit son nom à la ville où est signée sa Constitution. Cette période, qui voit une montée progressive du Parti national-socialiste des travailleurs allemands, dont Hitler a pris le pouvoir en 1921, est troublée par une série de conflits internes.

Le peuple, humilié par la défaite de 1918 et écrasé sous le poids du payement des indemnités de guerre, souffre en effet d'une grave crise économique. L'Allemagne connait en 1923 un phénomène d'hyperinflation sans précédent, qui dévalue sa monnaie et accroit immensément le cout de la vie. Elle a de surcroit perdu des territoires au profit de la France, de la Belgique, de la Pologne et du Danemark. Des révoltes éclatent donc, fomentées tant par des mouvements de gauche que de droite.

Ces troubles atteignent leur point culminant le 8 novembre 1923, lorsqu'Adolf Hitler tente une prise de pouvoir par la force. Celle-ci, connue sous les noms de « putsch de la Brasserie » ou de « putsch de Munich », se solde par un échec et par l'emprisonnement de son meneur. Elle cause en outre la mort de 16 putschistes et de quatre policiers. Bien que ces crimes soient punissables de la peine de mort et qu'Hitler revendique la pleine responsabilité du coup d'État, il bénéficie de la sympathie de ses juges et use de son procès comme d'une tribune politique.

Condamné à seulement cinq ans de réclusion, il n'en purge finalement que 13 mois.

LES MOTIVATIONS D'HITLER

C'est durant son incarcération à la prison de Landsberg am Lech qu'Adolf Hitler rédige *Mein Kampf*. Dans la préface de son livre, il présente cette peine comme une opportunité : « Pour la première fois, après des années de travail incessant, j'avais ainsi la possibilité de m'adonner à un ouvrage que beaucoup me pressaient d'écrire et que je sentais moi-même opportun pour notre cause. » (p. 13)

Si ce livre a bien sûr vocation à être une œuvre de propagande, Hitler le conçoit avant tout comme un programme écrit à l'attention de ses fidèles. Il explique en effet que son but est de fixer par écrit, « une fois pour toutes » (*ibid.*), sa doctrine. Dès lors, l'ouvrage ne s'« adresse pas à des étrangers, mais à ces partisans du mouvement, qui lui sont acquis de cœur et dont l'esprit cherche maintenant une exploitation plus approfondie » (*ibid.*).

C'est précisément à certains de ces fidèles qu'est

dédié le premier volume de *Mein Kampf* : les 16 victimes du coup d'État manqué du 9 novembre 1923 sont citées avec leur emploi et leur date de naissance, directement après la préface. Dans sa dédicace, Hitler les présente comme « tomb[ées] pour leur fidèle croyance en la résurrection de leur peuple » et émet le souhait que « leur martyre rayonne constamment sur [ses] partisans » (p. 14).

CLÉS DE LECTURE

UNE POLITIQUE DE CONQUÊTE

Le mouvement national-socialiste conduit par Adolf Hitler se caractérise par son bellicisme et défend l'idée que du combat seul peut naitre une nation forte (« L'humanité a grandi dans la lutte perpétuelle, la paix éternelle la conduirait au tombeau », p. 138).

Il s'oppose donc à « l'absurde mentalité pacifiste actuelle » (p. 140) et, à l'opposé des régimes qui l'ont précédé, prône non pas « une politique coloniale et commerciale », mais « une politique territoriale » (p. 139) visant l'élargissement des frontières de l'Allemagne en direction de l'Est au détriment de la Russie, ou de l'Ouest au détriment de la France, « l'ennemi mortel, l'ennemi impitoyable du peuple allemand » (p. 616).

Il justifie cette politique agressive en la présentant comme préventive et en prêtant à ses ennemis des ambitions analogues. Il se livre dès lors à un procès d'intention qui, en diabolisant son voisin, rend une éventuelle invasion légitime, car fondée sur le principe d'autodéfense.

La conquête territoriale est vue par Hitler comme une absolue nécessité : il convient d'« assurer au peuple allemand le territoire qui lui revient en ce monde » (p. 650). Il se montre à cet égard d'une rare intransigeance : « L'Allemagne sera une puissance mondiale, ou bien elle ne sera pas. Mais, pour devenir une puissance mondiale, elle a besoin de cette grandeur territoriale qui lui donnera, dans le présent, l'importance nécessaire et qui donnera à ses citoyens les moyens d'exister. » (p. 652)

Cette idée rejoint la conception raciste et élitiste de l'État prônée par le national-socialisme. Il s'agit, en politique extérieure, d'appliquer le même principe qui, en politique intérieure, légitime la domination des plus forts et des plus violents (« Cela a toujours été à l'ombre des vertus héroïques qu'ont pu le mieux prospérer les intérêts matériels des hommes », p. 153-154). L'auteur pense ainsi s'appuyer uniquement sur des « lois naturelles » :

« La politique extérieure de l'État raciste doit

> assurer les moyens d'existence sur cette planète de la race que groupe l'État, en établissant un rapport sain, viable et conforme aux lois naturelles entre le nombre et l'accroissement de la population d'une part, l'étendue et la valeur du territoire d'autre part. » (p. 640)

UN PLAIDOYER EN FAVEUR DE L'UNION ALLEMANDE

Selon le plan d'Hitler, le premier territoire à ramener sous le giron du Reich allemand est sa terre natale : l'Autriche allemande, qu'il considère comme « une partie de l'Empire allemand temporairement détachée » (p. 102). Il explique que, résidant à Vienne avant la Première Guerre mondiale, il espérait déjà la scission de l'Autriche-Hongrie, qui n'est selon lui qu'un « cadavre d'État » (p. 132), un « État-momie » (p. 143). Par la suite, après la disparition de cette nation à l'armistice (11 novembre 1918), il revendique l'intégration de la nouvelle république d'Autriche au Reich allemand, ce qu'il obtiendra le 12 mars 1938 par le biais d'une invasion militaire, plébiscitée par le peuple autrichien. Il s'agit de l'Anschluss.

Entre 1939 et 1942, Hitler va envahir de nombreux pays : la Pologne, le Danemark, les Pays-Bas, la Belgique, la France, le Luxembourg, la Yougoslavie, la Lettonie, la Lituanie et l'URSS. Le but poursuivi par Hitler est de donner à l'Allemagne une grandeur territoriale qui lui donnera l'importance nécessaire en tant que nation et qui donnera à ses citoyens les moyens d'exister. L'expansionnisme peut donc être compris comme un besoin vital de territoire :

> « Aussi, nous autres nationaux-socialistes, devons alors trouver le courage de rassembler notre peuple pour le lancer sur la voie qui le sortira de son étroit habitat actuel et le mènera vers de nouveaux territoires [...]. L'avenir de notre politique extérieure se trouve dans une politique de l'Est, dans le sens de l'acquisition de la terre nécessaire à notre peuple allemand. » (p. 652)

De même, Adolf Hitler plaide en faveur de la cessation de toute lutte fratricide, qu'il présente comme toujours avivée par les Juifs, éternels boucs émissaires. En particulier, il dénonce les conflits, selon lui artificiels, opposant les catholiques aux protestants et les Bavarois aux Prussiens (« Le Juif a atteint son but : catholiques et protestants se combattent à cœur joie et l'ennemi mortel de l'humanité aryenne et de toute la chrétienté rit sous cape », p. 557 ; « Le Juif avait su [...] soulever les masses, et spécialement le peuple de Bavière contre la Prusse », p. 556).

Catholicisme et protestantisme allemands

Les catholiques sont les fidèles de l'Église catholique, apostolique et romaine. Celle-ci réclame d'eux une communion d'idées avec le pape et les évêques, considérés comme les successeurs des apôtres de Jésus-Christ. Les protestants appartiennent en revanche aux Églises réformées au XVIe siècle par Martin Luther (théologien et réformateur allemand, 1483-1546) et Jean Calvin (réformateur français, 1509-1564). Celles-ci, qui ont rejeté l'autorité du pape et les orientations prises par l'Église catholique au Moyen Âge, s'en distinguent encore aujourd'hui d'un point de vue doctrinal.

En Allemagne, les habitants des régions nord-est sont majoritairement protestants, tandis que ceux des régions sud-ouest sont majoritairement catholiques. La Bavière est la région sud-est de l'Allemagne, limitrophe de l'Autriche. La Prusse est en revanche un territoire situé au nord du pays, aux confins de l'actuelle Pologne. Étant par le passé des États indépendants, ils possèdent tous deux une forte identité régionale.

LA CONCEPTION RACISTE DE L'ÉTAT

Selon Adolf Hitler, « la condition essentielle pour la formation et le maintien d'un État, c'est qu'il existe un sentiment de solidarité sur la base d'une identité de caractère et de race » (p. 152-153). C'est cette conception qui justifie la haine du Juif, puisqu'il est issu d'un peuple étranger. Ce qui distingue ces deux races tient dans leur caractère : « Toujours [un État] fut [fondé] par l'instinct de conservation de la race, que celui-ci s'exprimât dans le domaine de l'héroïsme ou dans celui de la ruse et de l'intrigue ; dans le premier cas, il en résulte des États aryens de travail et de culture, dans l'autre, des colonies parasitaires juives. » (p. 155)

L'auteur est dès lors convaincu d'appartenir à une humanité supérieure : « Tout ce que nous avons aujourd'hui devant nous de civilisation humaine, de produits de l'art, de la science et de la technique est presque exclusivement le fruit de l'activité créatrice des Aryens. Ce fait permet de conclure [...] qu'ils ont été seuls les fondateurs d'une humanité supérieure [...] » (p. 389)

Cette mégalomanie l'amène à penser que la survie et le développement de sa race servent non seulement ses compatriotes, mais l'humanité tout entière. Il se convainc donc et cherche à convaincre ses lecteurs que, « [s]i on l[a] faisait disparaître, [...] en quelques siècles, la civilisation humaine s'évanouirait et le monde deviendrait un désert » (p. 289). Dès lors, il n'y a qu'une issue possible : la préservation à tout prix de la race aryenne.

LA RACE ARYENNE

Le concept de race aryenne postule l'existence à l'ère moderne d'une ethnie descendant directement des Indo-Européens, un peuple migrateur dont sont issus une grande partie des peuples eurasiens, suite à sa très vaste expansion durant la Préhistoire. Selon les partisans de cette idée, elle constituerait toujours une race à part, que ceux-là supposent supérieure aux autres. Les caractéristiques physiques qui y sont généralement associées correspondent à celles des représentants des peuples nordiques (peau claire, cheveux blonds, yeux bleus, haute stature).

Hitler encourage « toute la nation [à] participe[r] à ce bien suprême : une race obtenue selon les règles de l'eugénisme [théorie selon laquelle une sélection sur base génétique doit être opérée au sein de l'espèce humaine dans le but de tendre vers un idéal] » (p. 403). Pour cela, l'État doit avoir « la force extérieure de trancher brutalement et sans regret les pousses parasitaires, et d'arracher l'ivraie » (p. 40) en empêchant les citoyens malades ou handicapés de se reproduire, quitte à recourir à une forme de castration :

> « L'État [...] doit déclarer que tout individu notoirement malade ou atteint de tares héréditaires, donc transmissibles à ses rejetons, n'a pas le droit de se reproduire et il doit lui en enlever matériellement la faculté. » (p. 402)

De plus, Hitler met en place une hiérarchie des races. Tout d'abord vient la race aryenne, qui est vue comme la race humaine la plus pure, supérieure, noble. Ensuite viennent les races « à éduquer » comprenant les Latins, les Japonais, etc. Puis, Hitler place en troisième position les races « à réduire en servitude », c'est-à-dire les Slaves, les Asiatiques, les Noirs. Enfin, les races « à exterminer », comprenant les Juifs et les Tsiganes (nom d'un peuple originaire de l'Inde, présent en Europe depuis le début des temps modernes et menant une existence nomade).

LES RÉFÉRENCES CULTURELLES

L'imagerie païenne

Bien que la rhétorique hitlérienne recoure régulièrement à des références chrétiennes, et que l'auteur avoue lui-même avoir, enfant, brièvement envisagé une carrière dans le clergé, on observe que, étant donné le tempérament belliciste et individualiste que véhicule *Mein Kampf*, c'est à l'inverse une imagerie païenne et pangermaniste (doctrine politique prônant le rassemblement des peuples d'origine germanique en une seule et grande nation) qui est surtout mise au service de son discours. Hitler évoque ainsi un nombre important de divinités allégoriques, incarnant des étapes de son parcours personnel ou les valeurs de son État rêvé :

- « La déesse de la nécessité me prit dans ses bras » (p. 31) ;
- « La main inexorable de la déesse Destinée commence à jauger les peuples » (p. 164) ;
- « Je voyais [...] la déesse de la vengeance inexorable se dresser contre le parjure » (p. 368).

De même, louant le sacrifice des soldats allemands tombés dans les Flandres, il les présente comme « monté[s] au Walhalla » (p. 517), le séjour des braves de la mythologie nordique.

Le domaine artistique

Ce caractère païen se retrouve également dans les références artistiques incluses dans *Mein Kampf*. Hitler y couronne « deux reines de l'art : l'architecture et la musique » (p. 302). Il a lui-même un temps envisagé la première comme projet professionnel ; quant à la seconde, elle semble sous sa plume personnifiée par la seule figure de Richard Wagner (compositeur et musicien allemand, 1813-1883), qu'il évoque à de multiples reprises. Wagner exprimait en effet des préjugés courants sur les Juifs, mais ne souhaitait pas voir naitre de distinction raciale ; il était favorable à leur assimilation à la population allemande, contrairement à la conception nazie. Hitler et le national-socialisme ont toutefois récupéré son œuvre pour servir leur propagande.

C'est à l'univers du musicien (*Tétralogie*, 1848-1874) qu'Hitler emprunte notamment la métaphore qui clôt le premier tome de son livre (« Un brasier était allumé : dans sa flamme ardente se forgerait un jour le glaive qui rendra au Siegfried germanique la liberté et à la nation allemande, la vie », p. 368). Dans les mythologies nordique et germanique, Siegfried est un prince guerrier, célèbre pour ses exploits. Il est en outre le héros de la *Chanson des Nibelungen*, un texte du XIIIe siècle souvent considéré comme l'épopée nationale allemande. Le personnage apparait dès lors sous la plume hitlérienne comme une métaphore de l'ancienne puissance nationale, dont l'auteur désire par-dessus tout la restauration.

Plus tard, il use à nouveau de cette image pour plaindre l'armée allemande trahie en 1918 par les « escarpes parlementaires » : « Enfin Siegfried succomba, poignardé dans le dos pendant qu'il combattait. » (p. 623-624) Cette personnification du peuple germanique sous les traits du héros wagnérien est encore renforcée par d'autres occurrences, au sein desquelles Hitler compare l'armée nationale au « Siegfried "cornu" » (p. 150), c'est-à-dire revêtu, comme dans la légende, d'une indestructible « peau de corne » en sang de dragon ; ou, selon une logique inverse, un jeune Aryen non vierge et dès lors impur, à un « Siegfried-écorné » (p. 250).

La propagande nazie utilisera également à ses fins une autre forme d'art, le cinéma, pour toucher largement les masses. Connue pour *La Victoire de la Foi* (1933) et *Le Triomphe de la volonté* (1935), documentaires de propagande, Leni Riefenstahl (actrice et cinéaste allemande, 1902-2003) est l'une des principales réalisatrices de propagande au service du régime nazi. Elle réalisera également un film consacré au service militaire obligatoire, *Jour de la liberté – notre armée* (1935), ainsi qu'un documentaire sur les Jeux olympiques de Berlin : *Les Dieux du stade* (1938).

Le terme propagande désigne l'action de propager, de diffuser, de faire connaitre une doctrine, une idée, une théorie dans le but d'influencer l'opinion publique afin de la rallier à sa propre cause. La propagande n'est pas uniquement utilisée par les dictatures. Les démocraties s'en servent également en lui donnant un autre nom : la communication politique. Le cas de la propagande nazie n'est pas un exemple unique. En effet, d'autres exemples de propagande politique existent, comme la propagande de Mussolini (homme d'État italien, 1883-1945), la propagande stalinienne (Joseph Staline, homme d'État soviétique, 1878-1953), ou encore la propagande des États-Unis lors de la Première Guerre mondiale.

LA RÉCEPTION DU LIVRE

Si le livre connait dans un premier temps un succès modeste, le nombre d'exemplaires écoulés de *Mein Kampf* est estimé, en Allemagne seulement, à dix millions en 1945, soit un pour deux foyers. Sa diffusion a en effet été encouragée par le parti national-socialiste, qui le qualifie dès 1933 dans son journal officiel de « Bible du peuple allemand » et en fait, à partir de 1936, le cadeau de mariage de l'État aux jeunes couples. Dans le reste du monde, environ 70 millions d'exemplaires (depuis 1945) en ont été écoulés, soit un total de plus de 80 millions depuis sa première publication.

Si la teneur de *Mein Kampf* est précocement rapportée au public français par le biais de la presse, il faut attendre 1934, soit neuf ans après la parution de sa version originale, pour qu'une traduction soit mise à sa disposition. La raison en est qu'Hitler avait formellement interdit la diffusion de son livre en langue française. C'est donc en toute illégalité qu'il a été publié en France.

Après la Seconde Guerre mondiale, la diffusion du livre est interdite en Allemagne, mais demeure autorisée dans certains pays tels que la France, où les Nouvelles Éditions latines conservent ses droits de publication, avec toutefois des restrictions : l'interdiction pour les libraires de l'exposer en vitrine et, depuis 1979 et suite à un arrêt de la cour d'appel de Paris, l'obligation de le faire précéder d'un avertissement relatif à son contenu.

Les Nouvelles Éditions latines (une entreprise proche de l'Action française de Charles Maurras [écrivain et théoricien politique français, 1868-1952]), qui en éditent une traduction intégrale « sous [leur] entière responsabilité » (p. 9), justifient cette démarche dans un avertissement des éditeurs, qui précède l'ouvrage. Ce qui l'a motivée n'est rien de moins que l'« intérêt national » (*ibid.*), menacé directement par le programme d'Hitler.

L'entorse faite au droit d'auteur leur apparait en effet légitime, car, si Hitler présente la France comme un ennemi à éliminer, « [t]ous les Français doivent en être instruits » (p. 11). À la propriété intellectuelle, elles opposent donc un droit moral supérieur : « Quand on a jeté à la face d'un peuple des menaces aussi précises, on n'a plus moralement le droit de l'empêcher de les connaître. » (*ibid.*) *Mein Kampf* est finalement entré dans le domaine public le 1er janvier 2016. Le même mois, une première réédition en a été commercialisée en Allemagne, chapeautée par l'Institut d'histoire contemporaine de Munich. En France, sa réédition critique serait en préparation, en dépit de vives polémiques.

LE RÉGIME TOTALITAIRE D'HITLER

C'est seulement une décennie après la rédaction de *Mein Kampf* qu'Adolf Hitler a la possibilité d'appliquer le programme défini dans son manifeste politique. Dans un premier temps, son arrivée au pouvoir, en 1933, se fait de manière démocratique.

En effet, dès 1920 est constitué le Parti national-socialiste des travailleurs allemands, appelé NSDAP, avec à sa tête Adolf Hitler. Au mois de février, le parti nazi se dote d'un programme politique et, dès mai 1924, participe aux élections. Alors que la république de Weimar connait une importante instabilité politique, des problèmes économiques et une hausse du chômage, le NSDAP offre des réponses à ces difficultés et remporte la victoire aux élections de mars 1933 (avec 44 % des voix), sans toutefois obtenir la majorité absolue. Ainsi, une coalition est mise en place avec les nationaux allemands (DNVP).

Malgré cette prise de pouvoir démocratique, en juillet 1933, le régime nazi promulgue une loi qui interdit le maintien et la formation d'autres partis politiques. Dès lors, le régime s'organise autour d'un parti unique, le NSDAP, qui ne tolère pas les contrepouvoirs et refuse la pluralité : il s'agit d'une dictature. De plus, le régime nazi s'organise autour d'un chef unique et tout-puissant : Adolf Hitler, appelé le Führer – « le guide » –, dont on organise le culte de la personnalité, notamment au moyen de la propagande. En outre, le régime nazi est fondé sur une idéologie, issue principalement de l'ouvrage rédigé par Hitler lors de son séjour en prison en 1924 : *Mein Kampf*. Cette idéologie nazie vise à bâtir et promouvoir un homme nouveau dans une société nouvelle.

Premièrement, sont considérées comme citoyens du Reich uniquement les personnes de sang allemand ou apparenté (lois de Nuremberg de 1935). Deuxièmement, Hitler conceptualise une hiérarchie des races au sein de laquelle la race aryenne est considérée comme supérieure, tandis que les Juifs sont considérés comme une race inférieure, à exterminer. Troisièmement, au sein du régime nazi, la femme a un rôle traditionnel d'épouse et de mère ; elle doit permettre la perpétuation de la race allemande. Enfin, pour bâtir une société nouvelle, le régime nazi a des ambitions nationales accompagnées d'une volonté de puissance, de conquête et de domination pour le pays.

Cette volonté de créer une société nouvelle et un homme nouveau va à l'encontre de la préservation des libertés individuelles à la base de toute démocratie. À cela s'ajoute le fait que le régime nazi met en place un encadrement de la société. D'une part, le régime a la volonté de diriger l'économie. En effet, Hitler organise la relance de l'armement et de la production industrielle. Cette mainmise sur l'économie va permettre une réduction progressive du chômage.

D'autre part, le pouvoir orchestre également l'encadrement de la jeunesse notamment au moyen d'un organisme comme les Jeunesses hitlériennes, dont l'objectif est de rendre la jeunesse malléable et de façonner l'homme nouveau. Enfin, le régime contrôle l'information, les loisirs, la pensée. Par exemple, il supervise l'information au moyen de l'émetteur radio qui doit permettre d'écouter le Führer ; par ailleurs, en mai 1933, à Berlin, a lieu un autodafé, c'est-à-dire la destruction des livres désavoués, condamnés par le régime.

Enfin, le régime nazi installe un système de terreur physique et morale, orchestré notamment par une police politique : la Gestapo et la Schutzstaffel (SS) qui favorisent la peur et la délation, et organisent l'élimination massive des opposants – ou supposés tels. De nombreux camps de concentration sont établis en Allemagne. Ce sont principalement les Juifs qui en sont les victimes, mais les Polonais, les Tsiganes, les Soviétiques sont également victimes des massacres. En conclusion, si Hitler est arrivé au pouvoir de manière démocratique, le régime qu'il instaure se révèle être un régime totalitaire.

Emprisonné en 1923, Adolf Hitler décide d'utiliser ce temps pour la rédaction d'un livre, *Mein Kampf*, qui deviendra le manifeste politique du nazisme. Le combat décrit par Hitler porte sur plusieurs thématiques telles que la conquête politique et territoriale, l'union allemande, l'État raciste, etc. De plus, *Mein Kampf* énonce un combat à l'encontre d'ennemis divers : les Juifs, les marxistes, la presse, la démocratie parlementaire. À l'époque, le livre va connaitre un grand succès, il sera ensuite interdit dans plusieurs pays. Cependant, à l'heure actuelle, plusieurs pays autorisent à nouveau la publication du livre publié par le dictateur nazi.

PISTES DE RÉFLEXION

QUELQUES QUESTIONS POUR APPROFONDIR SA RÉFLEXION…

- Quelles sont les principales valeurs prônées par le mouvement nazi ?
- Dans l'esprit d'Hitler, pourquoi les races juives et allemandes s'opposent-elles en tous points ? Comparez et expliquez.
- Lorsqu'il recourt à l'image de l'« hydre juive » (p. 635 et 660), à quoi Adolf Hitler se réfère-t-il ?
- Énoncez les différents reproches qu'adresse Hitler au régime parlementaire.
- Adolf Hitler se prononce-t-il en faveur d'une presse libre ? Argumentez.
- Par le biais de ce manifeste, comment Hitler procède-t-il pour renforcer sa position en tant que chef du parti national-socialiste ? Et en tant que futur chef de la nation allemande ?
- Les vertus viriles et la pratique sportive occupent une place très importante dans l'éducation telle qu'elle est théorisée par Hitler

dans ce livre. En quoi cette position rejoint-elle sa conception de la nation allemande ?

- En quoi le développement territorial d'une nation puissante est-il absolument indispensable ? Pourquoi Hitler ne suggère-t-il pas de réaliser celui-ci par le biais de colonies ?
- Peut-on dire qu'aujourd'hui des partis populistes usent encore de certaines tactiques employées par Hitler dans sa propagande ? Justifiez votre réponse.
- Le régime nazi est un régime totalitaire. Selon la définition d'un régime totalitaire, déterminez un autre régime politique qui peut être considéré comme un régime totalitaire. Expliquez votre choix.

Votre avis nous intéresse !
Laissez un commentaire sur le site de votre librairie en ligne
et partagez vos coups de cœur sur les réseaux sociaux !

POUR ALLER PLUS LOIN

ÉDITION DE RÉFÉRENCE

- HITLER A., *Mon Combat*, trad. de J. Gaudefroy-Demombynes et A. Calmettes, Paris, Nouvelles Éditions latines, 1934.

ÉTUDES DE RÉFÉRENCE

- BENOIST-MÉCHIN J., *Éclaircissements sur* Mein Kampf *d'Adolf Hitler*, Paris, Albin Michel, 1939.
- BERNSTEIN S. et MILZA P., *L'Allemagne de 1870 à nos jours*, Paris, Armand Colin, 2010.
- BRUNETEAU B., *Le totalitarisme. Origines d'un concept, genèse d'un débat (1930-1942)*, Paris, Cerf, 2010.
- CAPDEVILA N., « Totalitarisme, idéologie et démocratie », in *Actuel Marx*, vol. I, n° 33, 2003, p. 167-187.
- FÉRAL T., *Le Combat hitlérien. Éléments pour une lecture critique*, Paris, La Pensée universelle, 1981.
- FEST J., *Les Maîtres du IIIe Reich*, Paris, Grasset, 2011.

- FLONNEAU J-M., *Le Reich allemand de Bismarck à Hitler, 1848-1948*, Paris, Armand Colin, 2003.
- GAUCHET M., *L'avènement de la démocratie : à l'épreuve des totalitarismes, 1914-1974*, vol. III, Paris, Gallimard, 2010.
- MARCUSE H., « Qu'est-ce que le national-socialisme ? », in *Le Monde diplomatique*, octobre 2000, p. 26-27.
- VITKINE A., *Mein Kampf, histoire d'un livre*, Paris, Flammarion, 2009.

Retrouvez notre offre complète sur lePetitLittéraire.fr

- des fiches de lectures
- des commentaires littéraires
- des questionnaires de lecture
- des résumés

ANOUILH
- Antigone

AUSTEN
- Orgueil et Préjugés

BALZAC
- Eugénie Grandet
- Le Père Goriot
- Illusions perdues

BARJAVEL
- La Nuit des temps

BEAUMARCHAIS
- Le Mariage de Figaro

BECKETT
- En attendant Godot

BRETON
- Nadja

CAMUS
- La Peste
- Les Justes
- L'Étranger

CARRÈRE
- Limonov

CÉLINE
- Voyage au bout de la nuit

CERVANTÈS
- Don Quichotte de la Manche

CHATEAUBRIAND
- Mémoires d'outre-tombe

CHODERLOS DE LACLOS
- Les Liaisons dangereuses

CHRÉTIEN DE TROYES
- Yvain ou le Chevalier au lion

CHRISTIE
- Dix Petits Nègres

CLAUDEL
- La Petite Fille de Monsieur Linh
- Le Rapport de Brodeck

COELHO
- L'Alchimiste

CONAN DOYLE
- Le Chien des Baskerville

DAI SIJIE
- Balzac et la Petite Tailleuse chinoise

DE GAULLE
- Mémoires de guerre III. Le Salut. 1944-1946

DE VIGAN
- No et moi

DICKER
- La Vérité sur l'affaire Harry Quebert

DIDEROT
- Supplément au Voyage de Bougainville

DUMAS
- Les Trois
  Mousquetaires

ÉNARD
- Parlez-leur
  de batailles,
  de rois et
  d'éléphants

FERRARI
- Le Sermon sur la
  chute de Rome

FLAUBERT
- Madame Bovary

FRANK
- Journal
  d'Anne Frank

FRED VARGAS
- Pars vite et
  reviens tard

GARY
- La Vie devant soi

GAUDÉ
- La Mort du
  roi Tsongor
- Le Soleil des
  Scorta

GAUTIER
- La Morte
  amoureuse
- Le Capitaine
  Fracasse

GAVALDA
- 35 kilos d'espoir

GIDE
- Les
  Faux-Monnayeurs

GIONO
- Le Grand
  Troupeau
- Le Hussard
  sur le toit

GIRAUDOUX
- La guerre de
  Troie
  n'aura pas lieu

GOLDING
- Sa Majesté des
  Mouches

GRIMBERT
- Un secret

HEMINGWAY
- Le Vieil Homme
  et la Mer

HESSEL
- Indignez-vous !

HOMÈRE
- L'Odyssée

HUGO
- Le Dernier Jour
  d'un condamné
- Les Misérables
- Notre-Dame
  de Paris

HUXLEY
- Le Meilleur
  des mondes

IONESCO
- Rhinocéros
- La Cantatrice
  chauve

JARY
- Ubu roi

JENNI
- L'Art français
  de la guerre

JOFFO
- Un sac de billes

KAFKA
- La Métamorphose

KEROUAC
- Sur la route

KESSEL
- Le Lion

LARSSON
- Millenium I. Les
  hommes qui
  n'aimaient pas
  les femmes

LE CLÉZIO
- Mondo

LEVI
- Si c'est un
  homme

LEVY
- Et si c'était vrai…

MAALOUF
- Léon l'Africain

MALRAUX
- La Condition humaine

MARIVAUX
- La Double Inconstance
- Le Jeu de l'amour et du hasard

MARTINEZ
- Du domaine des murmures

MAUPASSANT
- Boule de suif
- Le Horla
- Une vie

MAURIAC
- Le Nœud de vipères

MAURIAC
- Le Sagouin

MÉRIMÉE
- Tamango
- Colomba

MERLE
- La mort est mon métier

MOLIÈRE
- Le Misanthrope
- L'Avare
- Le Bourgeois gentilhomme

MONTAIGNE
- Essais

MORPURGO
- Le Roi Arthur

MUSSET
- Lorenzaccio

MUSSO
- Que serais-je sans toi ?

NOTHOMB
- Stupeur et Tremblements

ORWELL
- La Ferme des animaux
- 1984

PAGNOL
- La Gloire de mon père

PANCOL
- Les Yeux jaunes des crocodiles

PASCAL
- Pensées

PENNAC
- Au bonheur des ogres

POE
- La Chute de la maison Usher

PROUST
- Du côté de chez Swann

QUENEAU
- Zazie dans le métro

QUIGNARD
- Tous les matins du monde

RABELAIS
- Gargantua

RACINE
- Andromaque
- Britannicus
- Phèdre

ROUSSEAU
- Confessions

ROSTAND
- Cyrano de Bergerac

ROWLING
- Harry Potter à l'école des sorciers

SAINT-EXUPÉRY
- Le Petit Prince
- Vol de nuit

SARTRE
- Huis clos
- La Nausée
- Les Mouches

SCHLINK
- Le Liseur

SCHMITT
- La Part de l'autre
- Oscar et la
  Dame rose

SEPULVEDA
- Le Vieux qui
  lisait des romans
  d'amour

SHAKESPEARE
- Roméo et Juliette

SIMENON
- Le Chien jaune

STEEMAN
- L'Assassin
  habite au 21

STEINBECK
- Des souris et
  des hommes

STENDHAL
- Le Rouge et
  le Noir

STEVENSON
- L'Île au trésor

SÜSKIND
- Le Parfum

TOLSTOÏ
- Anna Karénine

TOURNIER
- Vendredi ou
  la Vie sauvage

TOUSSAINT
- Fuir

UHLMAN
- L'Ami retrouvé

VERNE
- Le Tour
  du monde
  en 80 jours
- Vingt mille
  lieues sous
  les mers
- Voyage au
  centre de
  la terre

VIAN
- L'Écume des jours

VOLTAIRE
- Candide

WELLS
- La Guerre des
  mondes

YOURCENAR
- Mémoires
  d'Hadrien

ZOLA
- Au bonheur
  des dames
- L'Assommoir
- Germinal

ZWEIG
- Le Joueur
  d'échecs

www.lepetitlitteraire.fr

ISBN version numérique : 978-2-8080-0618-7
ISBN version papier : 978-2-8080-0619-4
Dépôt légal : D/2017/12603/856

Avec la collaboration de Johanne Morrhaye pour les encadrés sur « Le marxisme » et « La propagande », ainsi que pour le chapitre « Le régime totalitaire d'Hitler ».

Conception numérique : Primento,
le partenaire numérique des éditeurs.

Ce titre a été réalisé avec le soutien de la Fédération Wallonie-Bruxelles, Service général des Lettres et du Livre.